서쪽이 빛난다

실천문학시인선 036
서쪽이 빛난다

2020년 3월 20일 1판 1쇄 인쇄
2020년 3월 27일 1판 1쇄 펴냄

지은이 이세기
펴낸이 윤한룡
편집 김은경
디자인 윤려하
관리·영업 이소연

펴낸곳 (주)실천문학
등록 10-1221호(1995.10.26)
주소 남양주시 퇴계원읍 퇴계원면 52 405호
전화 322-2161~3
팩스 322-2166
홈페이지 www.silcheon.com

ISBN 978-89-392-3048-8 03810

실천문학 시인선 036

서쪽이 빛난다

이세기 시집

실천문학사

제1부

제2부

제3부

제4부

제1부

언리 해변

희디흰 조개껍질은 서쪽에서 왔다

춥고 추운 것들은 바닷가에 남아
파도로 말없이 울고 있다

저녁별이 돋을 때까지
나도 빈 조개껍질도 이 한낮은 갈 곳이 없어
돌중게와 놀며 바닷가를 서성거리다 보면

떠밀려 온 것들은
저물녘 바닷가에서 시린 뼈로 빛나고 있다

뒤란께

검게 타들어 가는
함석집 뒤란께

한 백년은
훌쩍 나이가 든
살구나무 둥지에 깃든 겐지

알을 품은 섬비둘기 한 쌍
열 말쯤 살구를
쏟아낸 가지에

곧 애기가 태어날 거라고
온 사방에 알리기라도 하는 겐지

마당에 노래기꽃
패랭이꽃 타고
애기 실뱀

돌담 밑으로 사라진

뻴뻴뻴 땀방울 흘리는
한낮 지나
풀벌레 소리 밀려오는

재 너머
재냉기바람 오는 저녁께

허물어져 가는
오랜 집 뒤란
애기 울음소리 모처럼 듣것다

뱃사람 장례

뱃사람 죽음은 언제나 쓸쓸하다

이 햇빛 좋은 양지에 따뜻한 것만을 기억하라고
처음이자 마지막 올리는 혼백의 밥상에

수저로 국을 뜨고
평소에 잘 먹던
젓가락으로 조깃살을 뜨고
묵묵하게 술도 한잔 따라 올리고

배를 하는 순간에는
나는 언제나 추운 것만 생각한다

입속 가득 흰쌀을 먹여 주는 장례는 언제나
사랑하는 것들을 모두 버리고 가는 자의 쓸쓸한 걸음걸이를 생각하게 한다
평생 울다 간 울음을 생각한다

죽은 자의 입은 어둠으로 가득해서
밥술을 뜨고
생쌀 가득 받아먹은 입으로 무슨 말을 하려는 것인지

한 줌의 밥을 위해 살다가
물에서 태어나 물로 돌아가는
죽은 뱃사람의 원한은 얼마나 깊고 깊은가

피항

피항 온 뱃사람들이 우물가에서
흑염소 배를 갈라
생간을 꺼내 소금에 찍어 먹었다

입에서는 검붉은 피가 도는
칼바람에 분해되고 해체된 몸은 밝고 환해서

길 잃은 짐승처럼 슬펐다

손마디가 굵어서 말이 없는 뱃사람들이
비로소 순하고 순해진 몸이 되어 안강망 배로 돌아갔다

저녁 새

저녁밥을 짓는다
오래된 집
북향으로 난 굴뚝에서 연기가 오른다

먼 곳에서
저녁을 맞은 새들이 바다를 건너와 뗏부르나무로 날아들었다
깃을 묻고 기척이 없다
백사장을 지나온 갯바람마냥 쓸쓸하다

새들처럼 가슴에 얼굴을 묻는다
먼 산등성에 어둠이 켜졌다
해변으로 난 길이 조개무지처럼 환하다

저녁 새도 나도 저녁물에 가만히 눈을 떴다

갱국

갱국을 먹으면 내 고향섬 굴바위 밑구녕
꽃바래기로 몰려드는
갱고둥이 생각나고

갱국을 먹으면 내 고향섬 함석집
돌담을 오르던 능구렁이
순하디순한 능구렁이
눈빛이 생각나기도 하고

갱국을 먹으면
여름 한철 돌미역을 살짝 띄워 놓고
갯동서끼리 모여 앉아
갱국 한 대접을 시원하게 들이켜며
더위를 식히던 한낮의 더위가 생각나기도 하고

쌉쌀하고 매콤하고 걸쭉한 갱맛에는
갯바탕에 찌든

아수도 동서도 아재도 다 있다

벙구 새순 열리는
지금쯤 갱바위에는 갱이 한창 열릴 것이다

선단여

문갑도라는 곳에는 바위들이 많다
진고박재 서쪽에 있는 말바위, 진말드랭이 위쪽 골짜기에 있는 구석바위, 채나무골에 있는 병풍바위
거룩하게 빛나는 단단한 바위들이 함께 모여 산다
이 고즈넉한 골짜기에서 이름이 붙여진 바위들은 얼마나 쓸쓸한가

바닷가 바위로 태어나서
제 몸 파도에 부딪히며 소리 없이 살다가 죽는다는 것은 얼마나 시름겨운 삶인가

각흘도 가까운 데에는
오누이가 절절하게 사랑하다 죽어 바위가 되었다는 선단여라는 바위도 있다

여름을 지내며

빗소리가 소란한 아침에는
부추꽃 키만큼 바다가 새하얗다

산나리밥 여물 때는
바지락살이 올라올 때

몸에 곤쟁이 냄새가 나는 사람들은 모두
노지 피마자잎 호박잎을 좋아했다

나는 알이 통통하게 밴 구젓이 먹고 싶었다

초복 소식

푸르른 마줄기 올라가는 한낮
넝쿨도 올라가느라 지쳐 힘에 겨운
초복 즈음엔

항아리에 키우는 금동이, 그놈 식욕 왕성한 금동이
뺄겋게 커서
옥잠화 뿌리 밑 유유히 헤엄을 멈추고
잉잉대는 벌도 지쳐 원추리 그늘에 숨으면

사는 게 온통 힘에 부치는 일,
웃통 벗고 가만히 자세를 고쳐도 본다

물때로 치자면 사리 즈음
물가도 메마를 때,
온통 벌거벗은 채로 몸도 말라 가벼워져
미역줄기도 메말라 굶주린 듯하지만

오는 가을에는
산허리가 온통 암벽으로 무시무시하다는
선갑도라는 무인도에나 가 보련다
애써 쓴웃음도 지어 보고

제법 자란 금동이 숨을 몰아쉬는 아가미를 보는 것마냥
이 여름 내내,
물러가라 삼복더위쯤 물러가라

장봉 1

유월 햇살 아래
앵두도
빠알갛게 익어 익어

돌파래도 타는
무인도
모래톱 위를

삐익삐익 소리 내며
물가를 나는 검은머리물떼새

가는 곳 어딘지 몰라도
갯내음 나는 물가

유월 햇살 아래
뜨겁게 뜨겁게
울며 날아가누나

바다는 바다는
숨 막힐 듯 손짓하누나

나는 죄인처럼 서서
파래 냄새가 난다 생소라가 올라온다
미역줄기 타는 냄새가 즐거웠다

장봉 2

상합 나는 섬 당산목은 오래도 되었다
당산에 당산목도 소사나무다
만도리어장에는 강다리가 많고
은병어도 싱싱하게 올라온다

상합 바지락 섭조개 많은 장봉도라오
상합탕이나 들고 가세요
보글보글 끓는 인정도 많은 섬

노랑부리백로도 많다오
장봉뻘 위로 시원히 나는 새도 많다오

산그늘에 홀로 피어 있는
은방울꽃이 몹시도 생각나는 그믐밤에는
부채를 부치며 해금이나 들으련다

금을 캤다는 날거지도에서 잡았다가 풀어 주었다는 인어

도 있다
밤이 되어 생소라 잡으러 가는 섬사람도 있다

고요히 저문 바다를 바라보며
이 섬에서 평생을 살았다는
아흔 넘은 곳배 선원을 생각한다

사람 목소리를 구슬피도 내는
수리부엉이 우는 어업조합 너머로 쓸쓸히 밤도 지난다

민통선

본적지가 옹진반도인
홀아범이 내온 밥상 찬거리라야 무숫국와 검은콩자반이 전부다

저녁에는 잔기침이 올라왔다

이슥한 산골짜기 얼음이 얼었다 풀렸다
하는 동안

주먹만 한 마당에는 풍에 좋다는 누리장나무가 자랐다

객선에서

덕적군도 반도골 수로를 건너는 인천행 객선

이 배를 타는 후릿그물을 잘도 치는 사람들은 보일러공과 용접공이 되고 돌을 붙이는 조적공이 되었다

이 배를 타는 낙지와 뻘말미잘을 잘도 잡는 사람들은 모두 굴회와 우럭찜을 좋아하고 갯농어탕을 즐겼다

사릿물을 기다리는 사람들은 그믐달을 쳐다보도록 태어났다

제2부

부두에서

인당수 전설이 서려 있는
수심 깊은
바다를 건너온

부두에 내리는
옹진에서 오는 섬사람을 보면
대대로 이 지방 사람은 마음 쉴 날이 없다

포성이 멈추지 않는
얼어붙은 바다는
언제 휴전이 끝날 것인가

왜, 내가 태어난 바다는 이토록 사나운가

어머니, 저는 바다에서 태어났어요

어머니, 저는 바다에서
태어났어요

소금물을 먹으며 살았어요

내 입술은 언제나
짜디짠
바닷물뿐

내 온몸에서는
소금물이 나왔어요
배를 타는 아버지처럼,

어머니, 저는
바다에서 태어났어요

이빨을 세운
사나운

파도 더미에서 태어났어요

평생 바닷물에 젖어
살다 죽어 가겠죠
배를 타는 아버지처럼,

저는 아버지처럼
바다에 매여 살다가
죽고 싶지 않아요

돌담에 낳은
샛바람과 함께
멀리 바다로 나가고 싶어요

이 지긋지긋한
바다에서
날아가는 방법을
내게 알려 주세요

어머니, 눈물을
흘리지 마세요

저는 바다에서 태어났는걸요

허연 이빨 속에
태어났잖아요

그러니 어머니,
그만 우세요

함석집 지붕 위로
초저녁 달이 뜨잖아요
새벽별이 돋잖아요

저기, 배가 오고 있어요

맹골수로

안강망 배가 맹골수로를 지난다

빗줄기 들이치는 선실에는 사연이 흐른다

유채꽃 필 무렵
이 바다는 사나운 물길도 숨을 죽인다

새우두부젓국

강화도 읍내 밥집 아리랑집엔
특별한 차림표가 있다

새우두부젓국

염하에서 잡아온 새우에 두부와 무를 설컹설컹 썰어
젓으로 간을 하여 탕으로 끓여 내온 국엔

내 아버지의 입 냄새가 난다

갯물을 닮은 짐짐한 맛에는
섬그늘이 바다에 그리매가 되어 어리는 날도 있어
그런 날과 겹치는 어느 해거름 저녁
숟가락으로 새우두부젓국을 떠먹을 때면

섬으로 들어와 살았다는
가계가 왜 이렇게 생각나는지

아버지의 입 냄새가 왜 그렇게 생각나는지

새우두부젓국을 먹을 때면
보름사리 보고 동지나해에서 들어온
산돼지 털을 닮은 턱수염과
장딴지만 한 두툼한 그물코를 꿰던 손이 생각나고

평생 배를 타다 물고기 눈처럼
두 눈을 뜨고 죽은 아버지가 생각날 때가 있다

방언

얘야, 선새미를 죽이지 말거라
집 안에 들어온 선새미를 죽이면
돈이 들어오지 않는단다
얘야, 문지방에 앉지 말거라
평생을 가난하게 산단다
얘야, 뗏부르나무를 베지 말거라
집안에 사람이 죽는단다
얘야, 죽은 송장 얘기를 하지 말거라
몸에 죽은 구혼이 들어와 해친단다
얘야, 산짐승 죽이는 것을 보지 말거라
짐승 혼이 잡아간단다
얘야, 방고래가 매운 걸 보니
날이 궂으려고 늦바람이 부는가 보구나
얘야, 간밤 꿈에 물고기가 나무에 열렸더구나

섬제비꽃

대청바다 가는 길쯤인가
낮달은 온종일 나를 따라오고
길가에 섬제비꽃
바닷가 초소에 핀 섬제비꽃
누구의 울음이 터져 너는 그리도
슬픈 소식으로 피는 꽃이냐
아직은 춥다 섬제비꽃아
고개 너머 차가운 바다에는
너처럼 슬프게 죽은 얼굴이 있단다
뭍 한 번 밟지 못하고 바다에
수장된 뱃사람이 있단다
길가에 섬제비꽃 초소에 섬제비꽃
누구의 울음이 터져 꽃이 되었느냐
무슨 슬픈 말을 쏟아내고 싶기에
이토록 시퍼렇게 울고 있느냐
바닷바람에 푸르도록 얼굴을 씻고

심청

죽음도 삶도 저 바다는 말이 없다

목소리도 아우성도
모두 묻고
저 바다는 말이 없다

낮달은 흐리고
허옇게 밀려오는 흰 너울뿐

눈을 뜨세요
눈을 뜨세요
시퍼렇게 눈을 뜨세요

바다가 보여요 죽음의 바다가 보여요
연꽃을 든 사내가 보여요

오래된 방공호와

시꺼멓게 불탄 빈집엔
흰민들레꽃 피고

뒤울가에
시누대 울음소리 울음소리

어디에선가 연꽃을 든 사내인가
온몸을 벗은
연꽃을 든 사내인가

나를 더 이상 제물로 바치지 마세요
눈을 뜨세요
눈을 뜨세요

눈부신 텅 빈 바다
흰 너울 속
환영처럼 밀려오는

연꽃을 든 사내가
나를 부르고 부르고

어둠이 밀려오는 바닷가
문자도 없고
형체도 없는 내가 서 있다

바닷가 장례식

물이 밀려오면
물이 밀려오면
가득 채워진 나의 바다는
쓸쓸한 저녁 물때의
노래가 오지
해조음이 오지
해조음에 귀 기울이면
바닷가에 떠밀려 온
아랍의 문자를 읽었어
폭풍우의 밤은
나의 수면은 언제나
평온했지
모든 것을 잃은 밤은
일찍이 나의 세계
아궁이에 불을 때는
마을은 언제나 폭격 맞은
집처럼 쓸쓸했지

옹이 배긴 손마디마다
생계가 못처럼 박혔지
압핀처럼 박혔지
그물코를 잇듯
죽음처럼 밤을 이으면
바닷가에는 언제나
꽃상여로 나가는
아름다운 무게가
마을을 지나
바닷가 해변을 지나
산으로 갔지 가볍게
죽지 않은 죽음은
내 영혼에도 들어와
밤바다의 일렁이는
해조음처럼 속삭이지
마을이 죽었지
다시 늙음이 죽었지

태어남이 죽었지
가볍게 가볍게 죽었지
그때마다 바다는
출렁거렸지
낮은 사랑 노래를
밤새 불렀지
그 소리 내 귀로
무덤으로 들어갔지
물이 밀려오면
물이 밀려오면
모든 것을 버려
모든 것을 버려

진촌에서

너는 어디에서 왔는가
이른 여름
뒤란께 작약은 오고

떠나온 곳을 알지 못하는
작약은
소리 없이 오고

문간방에서 졸고 있는
고양이에게도
너의 아버지며 어머니며
형과 누이며
살았던 집이며

모두 버리고 떠난 집의 내력을
묻는 동안
너는 오지 않고 오지 않고

물살 너머
갯내에 묻어오는 바람마냥
너는 어디에서 왔는가

제가 왔어요 제가 왔어요
여기에 왔어요
귀속엔 환청이 들리고

사람 하나 보이지 않는 대낮엔
흰 구름뿐

누구인가 어둠처럼 나를 보는 것은
두 손으로 감싼
내 얼굴을 보는 것은

부두

누군가 울고 있다
부두에서
어두운 수협공판장 뒷골목에서

용치만 날카롭게
하늘을 찌르는 바닷가

얼어붙은 갯벌에서
누군가 울고 있다

바닷가 철조망에 매달려
누군가 숨죽여 울고 있다

군함들은 일제히
북방한계선을 향해 내달리고

검은 밤바다에서

두 눈을 가린 채 누군가 울고 있다

파도에 씻긴 백골처럼
살점이 씻긴 내 몰골을 보는 것처럼

배 한 척 없는 부두에서
어두운 밤바다에서
누군가 두 눈을 가린 채 울고 있다

아무도 울어 주지 않았지

아무도 울어 주지 않았지
배냇저고리를 싸안은
저 숭고한 가벼움을 보라고
눈을 끔벅거리며
미래가 없는 어둠을 보라고
배 한 척 오가지 않는
바닷가 눈동자를 보라고
언제나 삼킬 듯이
온 힘을 다해 달려드는
저 이빨을 보라지
좀 더 가까이 좀 더 가까이
좀 더 가까이
내가 태어난 바다로 가기 위해
철조망 가까이
떨어지는 눈보라의 찬란한
죽음을 보라고
도열한 군함을 보라고

회색빛 텅 빈 바다를

울음조차 들리지 않는 바다

내가 태어난 바다

아무도 울어 주지 않았지

그 여름

내가 나를 본다
한 줌으로 살아 있는
내가 나를 본다

그 여름 이후 내가 나를 본다

내 안의 울음소리
내 안의 울음소리

이파리 속에 내가 있다
바람 속에 내가 있다

무엇인가 흔들리고
무엇인가 어른거리고
무엇인가 씻겨 나가고

내 몸이 환해질 때까지

내 몸이 환해질 때까지

빈 방안에서 내가 나를 본다
어둠 속에서 내가 나를 본다

또 무엇인가 보이고
또 무엇인가가 나를 본다

밤이 와도 내가 나를 본다
어둠 속에서 내가 나를 본다

빈 방안에서 내가 나를 본다
그 여름 이후

내가 아니다

걸어온 모든 길은 내가 아니다

어둠 속에서
나를 보는 것은 내가 아니다

빈집 마당에
흔들리는
메마른 꽃숭어리

내가 타다 죽은 것인가
내가 타다 꽃이 된 것인가

아니오
아니오

떨어진 꽃잎을
가만히

손바닥으로 들여다보는 것은

바위에 내려앉은
깃을 묻은
물새 한 마리
침묵 속에 서 있는 것은

제3부

진두 부둣가

산고랑에는 예쁜 섬동백이 많다지
고랑에 피어 더욱 예쁘다지
산벚도 피어 버찌가 검게 익으면 맛도 좋다지

무릇꽃이 피어 시꺼멓게 고은 무릇물이 든
입술이 금방이라도 젖은 듯
이따금씩 돌담을 쌓고 돌톳을 매며 살고 있는 사람들이 마중을 나오는
부둣가에 있으면

예나 지금이나
햇귀가 반짝이는 바다 위를
느릿느릿한 배가 뱅이골을 향해
비릿한 몸내음이 나는 뱃사람을 싣고 적막하게 지나간다

서포리 1

금잔화 핀 길가에는
왕소라 빈 껍데기가 수북이 쌓여 갔다

해당화가
피고 또 피고,
지고 피고, 또 피었다던 서포리

개울물 흐르던 모래 언덕에는
늙은 소나무가 모래밭에 솔방울을 떨어트렸다

밤이 오면
부둣가 가까운 선주집
안강망을 크게 부렸다는 해주에서 온 늙은 아재가
동성—하고 부르며 해주 말씨로 들려주는 말

용대미 가까운 곳에서는
밤잠을 못 잘 정도로 뿌역뿌역 민어가 소리내어 울었단다

자구리가 무지무지하게 올라와
그물이 터졌다는 말

기껏 하루 일과가 잔고기 몇 마리 낚았다며
물고기 씨가 말랐다는 늙은 어부의 말

저녁상에 올라온 아구탕에
어부는 소주를 마시고

아, 이곳 사람들에게는 모두 민어가 살고 있고
해주항이 있고 용매도가 다 있구나
지금도 뒷짐을 지고 고부랑 모습으로 살아들 가는구나

서포리 2

1

어린아이 웃는 모습이 싸리꽃을 닮았다
빠알간 맨드라미를 만지며 웃는다

길은 노래기꽃밭이다
솔가지 긁지 않은 소나무 숲에는
까치들이 깡충깡충 뛴다 걸어간다

낮에 가 보았던 바닷가
고인돌 무덤에는 아무것도 없다

모래밭에서 따온 순비기 열매가 박하향이다

걸어온 길을 잊어버리고
나도 바닷가 소나무도 백사장도 해당화도
함께 뿌리내리고 싶었다

2

바닷가에 밤비가 후두둑 내렸다
바람이 궂었다

저녁상에는 우럭찜이 나왔다
굵은 손가락이 슬픈 고향 사람이 준
잔술 몇 잔이 따뜻했다
천장에서는 간간이 솔방울이 떨어졌다

어두운 밤바다에서는
북리항에서 배를 타다
반항도 하지 못하고 억울하게 죽은
안강망 화장이었다던
어린 지방빨갱이의 가냘픈 숨소리가 들려올 것만 같다

산집

서포리 골짜기 집 한 채
달랑 무너져 내리는데
천장에 먹글씨
옥사대자(屋史大者) 읍읍곤공(悒悒坤功)

흙집에 누워 천장을 바라보며
주문을 읊었을 비나리
지붕신, 지신을 모시며 살았던 집

골짜기에 들어와 집을 짓고
항아리를 들이고 연못을 내어
신을 모시고 산 사람들은 다 정갈하게 살다 갔다

나무며 돌이며 구렁이며
신앙을 받들고 살았던 사람들은
무병을 앓다
다 외톨박이가 되어서

세상을 등지고 살아가도록 되었는지

시누대 우거진 이 집에서
들어와 살았다던
외딴 각흘도에서 살다 온 섬사람을 생각한다

무너져 내린 집에는
돌담도 못도 뒤란에 맹감도
지붕신, 지신, 가까운 익포와 우포도
집주인이 살다 왔다는 각흘도라는 무인도도 다 가까이 있었다

산제비

산에는 산초나무 산초가 자란다

손에 산초잎을 따 비비면서
산등성을 오르면

이 봄에는 나도 산제비가 되련다

칡넝쿨이 우거진
이 산길에서
훨훨 나는 산제비가 되어
푸른 바다로 난 고갯길을 날아가련다

나는 아무것도 아니란다
한낮이 서럽다
열두 달 날아나 보자

설움이 많은 자는 설움이 자란다

이 봄에는 나도

산제비도

시원하게 바닷벌을 박차고 날아나 보자

입동 저녁

허공에서는 섬까마귀가 울었다
백사장이 훤한
소나무 숲에서 울었다

익포와 우포가 합쳐
서포리가 된 바닷가

한낮의 물때 이는 소리는
날이 싸늘할수록 더 슬프게도 들렸다

바람도 일지 않는 햇살 맑은 날에는
먼 섬이
가까이도 보여 어울리고

생굴회를 먹고 뜨끈한 아랫목에서
등을 지지고 있으면
방금 끓여 내온 뜨뜻한 맑은 복쟁이탕이 생각났다

군불을 지피는지
생솔가지 태우는 냄새가 났다

밤늦도록 팥알 고르는 소리에
쓸쓸하게 입동 저녁이 지나갔다

자구리회를 먹는 저녁

잠자리조차 시름겹게 날았다
자젓이 무지무지 들었다는 작은 섬
집집이 밥상마다
자작하게 끓인 밴댕이섞박지가 나왔다
한 끼니는 삶은 패랭이가 나왔다
갯바탕에서 금방 왔다는
설움이 많아 백문조를 키운다는 여자는
이제껏 기술만 남았다며 자구리회를 멋지게 떴다

첫가을

어기여차 어야디야 후릿그물을
당기는 섬사람들

초피 열매 익는 첫가을 한솥 가득 잡어탕이 나왔다

북리항

바다뻘은 비었다 뱃사람이 지나던
부둣가도 비어
인기척이라고는 까마귀 소리뿐

민어를 잡던 고깃배로 가득했던
무너진 부두엔
흥성했던 작사집 젊은 색시의 노랫가락도 없다

추젓 곤쟁이 올라오던 뱅이바다를 기억할 뿐
지글지글 타는 한낮 땅거죽도
목마르게 타는 가죽나무도
이젠 기억하는 사람도 없다

쓸쓸히 쓰러져 가는 옛말들과
옛말을 기억하지 못하는 할매와 귀머거리 할배
새우가 지천으로 잡혔다는 용담께 뒷면도
이젠 모두 사라지는 옛말

뿌억뿌억 대통을 바다에 넣고 기다리던
민어 울음도 사라진 바다엔
배치기하던 노랫소리도 꽹과리도 오색 기폭도 없다

무너진 시멘트 담 틈새
뜨겁게 타는 맨드라미꽃만
불타는 노을 속에 아슬하게 흔들리고 있다

인기척도 없이
개 짖는 소리도 없는 북리 뻘바다 위
호젓한 이 밤엔 물 먹은 별이 돋을 것이다

빼아리라는 곳

두엇 할멈을 내려놓은 선창가
죄를 동여맨 짐밖에 없다

뒷짐을 지고 괜한 헛기침을 하며
손수레를 끌고 마중을 나온 수줍게 웃는 사람이 있다

임자를 못 만나 팔지 못했다며
귀하다는 하수오를 신문지에 곱게 싼
영험이 있는 약초라며 보여 주는 사람도 있고

본전도 못 하고 헛걸음쳤다며
본섬으로 굴을 팔러 갔다 오는 길이라는 사람도 있다

군입에는 상어고기 말린 것이 좋다며
입이 심심할 터이니 먹으라며
문틈으로 슬며시 밀어 주고 가는 사람도 있다

여름산

으름 줄기 뻗어 나가는 유월에는
산골짜기 계곡물도 덩달아 시원하다

바위틈에 씻겨 나온
산다래 생줄기도 더 푸르러

뻘뚱도 푸르러 새파랗게 하늘에 주렁주렁 열린다

나는 어느 이름 모를 골짜기 그늘에 핀 지치꽃을 쓰다듬으며
이 숲에까지 들어와 애기 낳고 사는 꽃들은
다들 아름답게 살아간다 미소도 지어 보고,

여름산에게 머리를 숙여도 보고,

가만 서늘한 찬 돌을 어루만져 보기도 하며
깊은 섬 골짜기까지 시집온 이스라지를 생각하기도 한다

서포리에서

방은 수도승 방 같다 흰 벽에 꽃무늬도 희다

여기서 고향섬이 가깝다
정갈한 듬북국을 먹고 싶다

저녁상에 올라온 박대찜은
장대와 함께
제사상에도 올랐던 일등 고기
갓 무친 돌파래무침에 입안에 침이 고인다

아랫목에 팔베개를 하고 누워
떠나온 인천을 생각한다

궂은 바람은 불고
고향을 생각하는 자는 지금 고향이 없는 자이다

천장에서는 솔방울 떨어지는 소리가 난다

느릿느릿한 객선이 달린다
아무도 없는 고향섬을 지난다

어린아이도 없는 밥상을 받은 밤이 흐른다
부뚜막이 식은 채 울고 있다

궂은 밤바람이 부는
이 한밤
어둠 속에서 낯선 이방인이 나를 본다

저녁물

머굿대 볶는 냄새가
물큰하게
갯바람과 함께 몰려오고

돌톳을 매어다가 말리는 냄새가
짐짐하게
몰려오기도 하고

창재기젓을 담갔는지
생것이 먹고 싶은
한나절을 품은 그런 저녁이 오는

제4부

시암리

유빙이 떠내려오는 철조망 너머 나지막한 산등성 보이는
물울타리 사이
초병은 어디로 갔을까

초소에 기대어 졸고 있는
산벚나무 꽃맹아리는 잔뜩 부풀어 오르고

고요한 접경지대 물울타리 길을 따라
제각각
제각각
물오리들이 첨벙!

일월

일월의 성근 눈이 바다에 떨어졌다
바닷가 바위에서 파도가 울었다
몸이 새까맣게 생긴 꼬리 긴 새가
지지배배 울며 낮게 바다 쪽으로 날아갔다
돌담에는 돌배꽃을 닮은 바람을 낳았다
무럭무럭 자라 일월의 바닷가로 걸어 나갔다

봄풀

거역이라는 것을 할 수 없는
봄풀이
마당에 쭈그려 앉아 있는 나를 보듯
봄풀은

거룩하게 우수 지나
동백꽃 이파리 부드러워질수록
숨죽이며

독기를 앞세운
봄풀은
부드럽게 숨죽이며
꼿꼿하게

거역을 모르는 봄풀이
거역할 수 없는 봄풀이

흰 너울 1

한 바다가 아니고
사잇바다
흰 물결이 아니고
가윗물결로

너는 소리 없이 온다

돌담에 내가 서 있고
그 돌담에

내 어린 쓸쓸한 미소가
빙그레 웃는다

바닷길로 난 돌담길을 따라
길을 걸으면

동백잎 떨어진 그 자리

흰 빛의 눈부심

어둑
어둑한 길을 따라
내게 오던 그 빛 그 눈빛

어둑한 내 머릿속

내 발길이 머문
사잇길 따라
밀려오는 것은 무엇인가

돌담에
어린 맨드라미가
빙그레 웃고 있다

흰 너울 2

누가 울고 있는가
어둑한 길을 따라

돌담에
서서
폐가를 생각한다

어둠을 뚫고 솟는
여린 새잎
무너진 집 지붕 아래

그 부뚜막
식은 부뚜막

떠나간 집은 말이 없다
울타리에
돌담을 덮는 아우성

아우성치는 봄빛

산산이 무너지는
오래된 집
지금도 무너지는 집

마당에 봉숭아
씨앗이 툭 불거져 나를 본다

누군가 울고 있듯
나를 보는 불안한 눈빛

집에 와서

골짜기에서는 골바람이 불어온다

고라니가 걸었던 산길은
왠지 쓸쓸하다

칡넝쿨 뒤덮인 뒤란은
이젠 산길이 끊겼다
약에 좋다는 오가피는 막 자랐다
낫을 쳐 길을 내도 길이 없다

이제 누가 와서
하룻밤이라도 묵고 가려나

빈방엔 거미가 높은 벽을 탄다
추위에 죽지 않았다
밤바람이 창문을 흔든다

이제 나는 두렵다 내가 걸어왔던 길이

낮에 바닷가를 거닐다 보았던
짐승 발자국이 끊긴 바다가 보인다

바닷가에 밀려온 백골이 된
나무뿌리를 다시 보고 싶다

어두움은 밤바다로 이어져 있다
첫눈이 간간이 일곱물 바다 위로 내렸다

팔베개를 베고

이 방안엔 극락조가 푸르른 수선화와 함께 잔다

말귀를 아는
고양이도 함께 잠을 잔다

이 방안엔 어머니가 또
저녁을 들고
초저녁인데 곤히 주무신다

이 방안엔 어머니가 또
새벽에 일어나
벽을 향해 기도한다

—누구나 세상에 낼 적엔 귀한 자려니 산 자는 산 자를 사랑하라

이 방안엔 어머니가

한 해 만에 인천에서 찾아온 자식에게
복된 자가 되라 한다

오늘은 새해 첫날
한매 늦은 물때 달은 그믐달

갯바위에 샛파란 파래가 천천히 돌을 것이다

철원

1

검정콩 넝쿨 벙긋벙긋 돋아나는
하늘 끝
푸른내 온통 눈 가득히 와 닿았다

바다를 닮은 하늘엔
먹장구름이 지나가고,

순간 맑게 갠
논배미 아래로 쇠백로가 날갯짓을 하며 지나간다

너른 평야가 깨어질 듯
어린 계집아이가
누런 강아지를 부른다

2

느릿느릿 게걸음 걷듯
구름이 뾰족한 산등성을 넘고 있다

끝 간 데 없이 개미들이
줄지어 가고 있다

그 길을 따라
완전무장한 군인들이 일렬행렬로
느릿하게 지나간다

산비장이 꽃대에 앉아
졸음에 빠졌던
부전나비가 놀라 날아간다

3

밤새 박나방이 창문에 붙어 바둥거렸다.

이른 아침엔 흰 구름 두른 먼 산이
섬처럼만 보였다

잎사귀에 쌓이는
빗소리조차 살이 붙었다

큰비가 내린 도랑물에서는
엉겅퀴꽃이 떠내려왔다

산등성 너머로
새파란 쪽물이 흘러내릴 것만 같다

그 아래 땅이 새파랗다

홍예문

새까맣게 버찌가 디글디글 열린다는 동네
땅거죽에 떨어진 버찌를 주워 입에 물었다
뜨겁게 타다 식은 돌에서 꾸덕꾸덕 말라가는 한낮
첫사랑이 들어갔다는 강화섬엔 산앵두가 익고
나는 발바닥에 물집이 잡히는 줄도 모르고
바닷바람 시원하게 밀려오는 홍예문 지나
먼 데 월미섬으로 저녁바다 보러 갈거나 갈거나

하짓날

방아깨비도 뛰는 이 더운 복더위에는
시원한 냉수라도 들이켜야 하나

억새에 팔뚝도 베이고
장딴지에 풀독도 올랐다지만
새줄기 칡넝쿨을 베어 물고 초행 산길을 넘다 보면

섬에 온 나도
산그늘 외딴 바위도
무척이나 더운지 돌돌돌 돌땀을 흘렸다

염포

흔히 집집마다 물메기 물가자미가 걸려 있다

항구로 들어오는
채낚기 배는
왕새우 발짓을 한다

갓 잡아 온 갓조개와 돌미역줄기는 푸르뎅뎅하고
날치회를 먹는 사람들은
모두 그 지방 짐승의 눈을 닮았다

텃밭

배추 모종을 심거나 무 모종을 심거나
땅을 파고
땅을 고르고

텃밭은 위대하다

지칠 줄 모르는 왕성한 땅만큼 두려운 것도 없다

식욕이 없는 날은
텃밭에 나가자
가서
땅이라도 뒤집어 주자

고랑에 서서
나란히 줄지어 늘어선 잡초 앞에서 반성하는 자가 되자

텃밭만큼만

텃밭만큼만

버림받은 땅만큼 비참도 없다
배반을 모르는 생존만큼
쓴웃음이 나는 것도 없다

절망을 모르는
비참 따위는 잊은
왕성하게
매일 매일 가난이 자랐다

꽃을 줍다

싱그런 꽃이 피어난 아침은
언제나 고통을 떠오르게 한다

벚꽃이나 살구꽃
앵두꽃…

내 안에 치밀어 오르는
외마디 소리
치욕과 번뇌를 떨쳐 버리려

싱그런 꽃이 피어난 아침은
먼 곳을 다녀온 바람같이
나는 또다시 먼 태생을 생각한다

다음 생애는 태어나지 않을 것이다

이곳

바위는 더욱 작고

가득한 바닷물은

말없이 출렁인다

하루해가 끝나고

집으로 향하는 자는

작디작은 모래알

저녁물이 오는 무렵

파도는 치고 오늘

모래알은 견디기로 했다

서쪽이 빛난다

꽃잎이 서쪽으로
떨어진다

이마를 짚는다

꽃은 떨어진 지
오래

온몸에 열이 난다
허공에
물 수 자를 써 본다

오늘은 하나쯤
모르고
지나도 되리

물 없는 세상에서

다시
태어날 수 있겠다

가만히 맥을 짚는다

바닷물을
열고 보면
어느새
새롭게 뛰는 것들

시인의 산문 · 시인의 말

시인의 산문

서쪽의 말

서쪽은 눈을 감지 않는 물고기가 사는 땅이다. 하지만 그런 것은 내 관심의 영토가 아니다. 내가 태어난 덕적군도 방언에는 산[生] 짐승을 함부로 해치지 마라 산지꼴 걸린다는 말이 있다. 생명을 귀하게 여기라는 당부인데 섬에서 살다 보면 이런 따위의 금기어가 지금도 생생하다. 어머니는 입을 열면 뗏부르나무 가지를 베지 마라 오가피나무 가지를 치지 말라고 당부한다. 먼 길을 떠날 때는 더 간곡하다. 한번은 내가 집을 떠나려는데 간밤에 꿈을 꾸었다고 했다. 꿈속에서 나무에 물고기가 가득 열렸다며 기이하다 했다. 나는 도리어 연목구어이니 나쁜 징조만은 아니라고 응대했다. 모든 길흉사가 나쁘다고만 말할 수 없다. 인간을 위해서라는 말이 가장 비인간적인 말이었으므로. 흉보만 아니면 되었다. 내가 보기에 어머니는 유달리 불길함을 읽는 재주가 있었다. 북새가 피네, 까치가 우네, 아침에 피는 북새와 저녁에 피는 북새의 의미가 달랐다. 자연의 소소한 변화를 동물적으로 감지하고 행불을 담았다. 그것은 미신 같은 일이었으나 나쁘지 않았다. 그게 다 주먹만 한 섬에서 태어난 탓이었다. 사면이 바다로 에워싸인 섬에서는 불행을 머금고 살아야 한다. 사람이나 짐승에게 절대 싫은 소리나 해를 가해서는 안 되었다. 해를 가하면 도리어 자신이 해를 입는다고 믿었기 때문이다. 무생물에게도 예외는 없었다. 귀가 따갑도록 들어서 이제는 이런 말들에 전혀 저항감이 없다. 생각해 보면 내가 태어난 서쪽은 금기어로 가득한 땅이다. 그 말들은 세상에서 가장 어두운 말이었다. 생명을 해치는 일과 말을 그 어떤 무엇보다 경계했다. 생명을 가진 것의 죽음이 일상인 삶 때문일 것이다. 어머니와 이웃은 '갯티'라고 불리는 생활터에서 지낸다. 갯바위에서 굴을 쪼고 갯바탕에서 바지락을 캐며 염장을 해서 그것으로 굴젓과 바지락젓을 담가 생계를 잇는다. 섬에서는 게으르지 않고 손발만 있으면 먹고 살 수 있다고 입만 열면 말했다. 조쇠로 굴이나 바지락을 캐는 사람들은 맨손회에 가입해 사철 추위와 칼바람에 맞서 안으로 안으로 인내하며 일상을 견딘다. 고통을 아는 몸은 결코 입이 없다. 말보다는 몸이 저절로 말을 하기 때문이다. 가끔 고통을 잊는 약이 없지는 않다. 어머니는 집 뒤란에 신경통 약 대용으로 양귀비를 두어 뿌리 키웠다. 달인 물을 관절이 아플 때마다 먹곤 했다. 배앓이에는 양귀비 달인 물이 즉효였다. 그건 금기된 것이지만 약이 없는 섬에서 고통을 이겨낸다는 것은 쉬운 일이 아니다. 금기를 뛰어넘어야지만 고통이라는 근육감각을 잊을 수 있다. 병원이 없는 섬에서 생활하기 위해서 어쩔 수 없는 만병통치의 처방이었던 셈이다. 자신의 몸은 자신이 지켜야 했다. 내가 겪은 상노동 중에 하나는 엄동 추위에 김을 채취해 씻는 일이었다. 아흔아홉 번을 씻어야만 한 톳의 김을 생산해 낼 수 있었다. 혹독한 추위에 맞서며 행해지는 노동이었다. 내가 발 디딘 땅에서 이런 일은 너무나 흔한 일상이었지만 나는 그것을 까맣게 잊고 지냈다. 그래서인지 고통을 감각하는 것은 서쪽을 마주하는 것이라고 생각했다. 내가 태어나고 성장한 땅이 매서운 칼바람이 부는 서쪽의 끝 섬이었기 때문에. 내게 바다라는 감각은 살을 에는 대지의 차가운 육체와 같았다. 서쪽은 뼛속까지 추위가 박혀 있는 곳이기에 내 부모가 대지라고 말하는 바다는 늘 산통을 겪었다. 속박의 땅이 곧 바다인 셈인데 내가 아는 한 그곳은 세상의 끝이었다. 하지만 내게는 어제와 다른 오늘이었다. 매년 벙구나무 순이 돋는 봄철이면 산둥반도에서 날아온 새들이 바다를 건너다 마지막 기력마저 소진된 채 기진맥진해 길바닥에 쓰러져 숨을 헐떡이며 죽어 가는 모습을 본다. 너무나 처절한 몸부림이지만 흔한 장면이다. 그중 살아남은 새들은 며칠 동안 섬에서 몸을 추스

르고 다시 바다를 건너 떠났다. 새는 왜 죽음을 무릅쓰고 바다를 건너온 것일까. 새가 날아가는 방향이 항상 궁금했다. 그곳 길은 보이지 않고, 이곳은 늘 어둡고 무거웠다. 사방이 바다로 에워싸여 있어 해가 뜨고 해가 지는 것을 바라볼 뿐, 세상으로 나가는 길이 따로 없었다. 세상으로 나가는 것은 경험 많은 유능한 뱃사람이 아니고서는 알 수 없었다. 대다수는 그곳에서 차라리 맨손이 거룩했다. 모두가 맨손이기 때문에 공평했다. 나를 인식할 필요조차 없었다. 남이 곧 나의 모습이었으니 굳이 남을 탓할 일이 못 되었다. 때때로 신기한 일도 벌어졌다. 태풍이 불어오는 날 홀로 바닷가를 거닐면 바닷가에 떠밀려 온 봉지에 적혀 있는 아라비아 글자와 중국 문자를 만났다. 빈 봉지와 빈 병은 나와 저 너머 세계를 연결해 주었다. 저 먼 곳에서 먼 곳으로 이곳과 저곳을 옮겨 다니다 발부리에 채이는 낯선 문자를 나는 툭툭 건드리면서 상상하고 해독한다. 그때마다 나는 나의 의지와 다른 고통이 먼 곳과 연결되어 있다는 것을 안다. 이곳에서 언젠가 지평선 저쪽으로 떠밀려 갈 것이기에. 바다를 건너 새가 날아온 저녁처럼. 낮고 낮은 언어가 바닷가에 날아와 울었다. 평생 섬에서만 살아온 어머니는 몇몇 힝구 도시를 빼고는 다른 나라, 다른 고징을 가본 적이 없다. 이 사실을 어머니는 지금까지도 결코 부끄럽게 생각하지 않는다. 평생 배를 타다 물고기처럼 두 눈을 뜨고 죽은 아버지는 자신이 갔다 온 나라를 말하지 않았다. 작은아버지는 배를 타다 월경하여 국경을 넘은 죄로 감옥에 갔다. 영어의 몸에서 나온 후에 바다에 국경이 있다는 말을 일절 입 밖에 내지 않았다. 그러고는 세상을 버렸다. 세상은 이곳에만 있는 것은 아니었으므로. 윗목 칠성판에 누워 있다가 염을 할 때 한 움큼의 흰 생쌀을 입안 가득 품고 삼 일간 장례를 치른 후에야 비로소 사람들은 말했다. 말하지 않고 저세상으로 간 것은 다행일지 모른다고. 물고기한테는 국경이 존재하지 않았기 때문이었는지 모른다. 뱃사람에게는 너무나 당연하기에 그것은 부끄러운 일이 아니었다. 배를 운전하는 조타기와 나침판만은 알고 있는지 모르겠다. 바닷물이 날몸으로 드러난 썰물 자리를 부끄럽게 생각하지 않듯. 고통은 결코 고통을 기억하지 않는다. 언젠가 어머니가 갯티에서 굴을 쪼는 모습을 물끄러미 바라본 적이 있다. 조쇠로 굴을 쪼며 지나간 길은 모두 새하얗게 길을 만들었다. 그 길은 눈이 부시게 빛났다. 그 자리를 나는 고통을 쪼는 자리라고 생각했다. 굴구적을 찍어낸 자리마다 환하게 핀 꽃이 말의 자리로 보였다. 환한 길을 만들 때마다 갯바위에 새겨진 굴구적을 찍어낸 꽃처럼 피어난 환한 말의 자리는 뼈아픈 근육작용이라는 것을. 고통을 잊게 하는 것은 혼자서 하는 침묵의 말이다. 아픔을 모르는 근육과 고통 없이 태어나는 말은 얼마나 허망한 것인가. 그때 나는 내가 알고 있는 서쪽이라는 방향은 새가 날아가고, 떽부르나무가 자라는 땅이라고만 생각하지 않았다. 새는 부드럽게 밟을 땅이 있었다. 떽부르나무는 마음껏 꽃을 피우고 맺을 열매가 있었다. 나무를 낭구, 게를 거의라고 부르는 사람들이 살고 있지만, 결코 세상에 이름과 얼굴을 가지지 못했다. 아버지는 늘 나침판과 어군탐지기, 컴퍼스가 놓여 있는 배를 탔기 때문에 언제든지 그 땅에서 벗어날 수 있었지만 이팝나무, 소사나무, 떽부르나무를 두고는 떠날 수 없었다. 그때마다 나는 세상에 다시 태어난다는 것이 끔찍한 일이라 생각했다. 뿔뿔이 흩어진 가족은 더 이상 이 세상의 가족이 아니었다. 세상은 억울한 것 따위에는 관심이 없었다. 그저 물때에 의해 하루가 저물고 다시 아침물과 저녁물이 반복해서 순환할 뿐이다. 밤하늘에 달이 이지러지고 다시 부풀어 오르는 것이 반복되듯. 순환하는 시간을 견뎌내는 일이 부지기수였다. 그것은 참을성과 전복을 요구했다. 내가 아는 한 뱃사람들은 바닷물이 맑은 것을 좋아하지 않는다. 오히려 태풍이 불어오기만을 기다린다. 바닷물이 서서히 잿물이 들 기미가 보이면 파도가 높고 바람이 불어도 물고기를 잡으러 바다로 나갔다. 바람이 불고 바다가 뒤집어 엎어져야지만 큰 물고기가 올라오기 때문이다. 바닷물이 청할 때와 탁할 때를 가늠하여 물고기를 잡는 것은 경험 많은 뱃사람에게는 필수였다. 아버지는 그 바닥에서는 노련한 뱃사람이었다. 기다리는 것이 뒤집어 엎는 것이었다. 아버지는 일 년에 두어 번 집에 오곤 했는데, 그때마다 낯선 세계를 내놓았다. 배를 몰고 섬에 올 때마다 신기한 물건이 따라오기도 했다. 한번은 뭍에서 맞춤 앉은뱅이책상을 가져왔는데, 마침 파도가 높고 바람이 세차 내리는 일이 쉽지 않았다. 아버지는 배와 부두에 매어진 외줄을 타고 책상을 내렸다. 그러고는 거센 파도를 뚫고 동지나해로 떠났다. 그때 책상이 말을 했다. 너는 배를 타지 말아라. 아버지는 종종 부두에 배가 정박하면 나를 데리고 배를 구경시켜 주었다. 내가 N극과 S극을 알 수 있었던 것도 그때였다. 뒤로, 앞으로, 조타실에서 기관실로 신호를 보내는 신호기로 배의 속도를 증감하고 원구의 나침판과 해도가 있는 선실은 신기할 따름이었다. 나는 지금도 느리게, 느리게, 아주 느리게. 빠르게, 아주 빠르게, 최대 속도로 빠르게를 떠올려 본다. 물론 내가 뱃사람이 되지 않은 것은 순전히 아버지 탓이 컸다. 나중에 아버지는 내게 아버지로부터 배울 것이 없다고 했다. 아버지는 울었다. 아주 작고 작은 목소리로 새나 들을 수 있는 목소리로 말했다. 너는 배를 타지 말아라. 그것은 아버지와의 결별을 의미했다. 그것은 내 관심의 낯선 영토가 아니었다. 그때 나는 바닷가에서 벌거벗은 한 알의 모래알과 마주했다. 누구도 하나의 모래알을 위로하지 않았다. 어디에서 왔든 어디로 가든 모래알은 그저 한 알의 모래알일 뿐. 내가 좋아했던 것은 모두 서쪽에 있고, 그중 내 손에 쥐어진 단단하고 부드러운 한 알의 모래알을 기억한다. 아무것으로도 대처할 수 없는. 내가 알 수 있는 것과 내가 알 수 없는 것이 혼존해 있듯이, 두 눈을 뜬 물고기가 살고 있는 서쪽 방향으로. 시나브로 윤회하는 모래알같이. 느리게, 느리게, 그리고 빠르지 않게. 진흙에서 바위로 다시 모래알로. 그것은 수억 광년이 걸리는 시간이었지만 내 손에 지금 쥐어진 모래알은 그저 아주 작고 작은 모래알일 뿐. 모래알은 소멸을 내게 알려주지 않았다. 애초에 처음이나 끝이 없었다. 희망이니 절망이니 하는 말이 애초에 없었듯이. 그것은 아주 오랜 시간을 두고 벌어지는 일이라 인간에게는 셀 수 없는 시간이기에 보이지 않았다. 이미 아주 오래전에 벌어진 일이거나 아니면 아주 오랜 미래에 벌어질 흔적의 흔적일 것이다. 서쪽이 내게 말을 한다. 안이 어두워야 밖이 잘 보인다. 그것은 내가 발 딛고 서 있는 땅의 가장 추운 말이었다. 서쪽이 내게 낮은 목소리로 들려준 말이다.

시인의 말

이 시가 쓰였던 시기에 바다는 원혼이 끊이지 않았다. 평화가 있으면 불안하고 불안하면 도리어 평화로웠다. 역설적인 이 말은 국경 가까운 섬에 사는 누군가가 들려준 말이다.

시는 자신이 발 딛고 선 땅에서 언어를 기른다. 그렇게 시는 자신의 육체를 갖는다. 시집을 내매 두렵고 부끄럽다. 헐벗은 내 영혼이 사랑하는 이들께 조촐히 시를 건넨다.

2020년 첫봄에
이세기 모심

시어 풀이

강다리: 싱어. 멸칫과의 바닷물고기. 교동도, 강화도에서는 까나리, 시에, 깨나리 등으로 부른다.

갯동서: 갯가를 함께 다니는 이웃을 일컫는 말. 이웃사촌과 같이 친근한 의미.

갯바탕: 갯벌이나 갯가.

갯티: 섬 둘레에 형성된 갯바위 주변이나 갯바탕 등을 일컫는 말.

갱: 대수리. 섬사람들은 대수리 고둥을 갱이라고 한다.

갱국: 대수리 고둥으로 만든 냉국. 덕적군도 사람들은 주로 여름에 살아 있는 갱과 된장을 섞어 걸쭉하게 만든 후에 오이채, 미역 줄기 등을 띄워 냉국으로 만들어 먹는다.

구젓: 굴젓.

노래기꽃: 금잔화.

동지나해: 동중국해.

듬북국: 바닷가 바위에서 자라는 톳으로 만든 국. 톳을 듬북이라고 한다.

뗏부르나무: 보리수나무.

머구: 머위.

반도골: 덕적군도의 선갑도와 문갑도 사이에 있는 해역. 수심이 깊다.

뱅이골: 덕적군도에 있는 어장. 조기, 민어 어장으로 유명하다.

벙구나무: 음나무(엄나무).

북새: 노을.

빼아리: 덕적군도에 있는 백아도를 빼아리라고 한다. 빼아리는 외지고 외딴곳을 의미.

뻘뚱: 보리수 열매.

산나리밥: 산나리 열매.

선단여: 덕적군도 각흘도 가까운 바다에 우뚝 솟아 있는 세 개의 큰 바위. 망구할매, 오누이 전설이 깃들어 있다.

선새미: 그리마. 섬사람들은 돈벌레라고 하며 익충으로 여겨 죽이지 않는다.

언리: 덕적군도 문갑도의 지명.

용대미: 덕적도의 지명.

용치: 바닷가에 돌출 형태로 설치된 방어시설 구조물로 '용의 이빨' 처럼 생겼다고 해서 붙여진 이름.

자구리: 밴댕이. 청어과의 바닷물고기.

자젓: 초가을에 잡힌 새우로 담근 젓.

작사집: 조기, 민어, 새우 파시(波市) 때 바닷가에서 임시로 운영했던 음식점 겸 술집.

재냉기바람: 섬에서 산골짜기를 타고 바다로 부는 바람. 재넘이바람이라고도 한다. 바다에서 재냉기바람이 불어오면 흰 파도가 너울로 몰아쳐 온다. 한여름에 재냉기바람이 불어오면 시원하다.

죄: 굴을 채취하는 도구. 굴방쇠, 굴따개, 조쇠라고도 한다.

창재기젓: 갈치의 내장으로 만든 것.

패랭이: 갯고둥.